Bibliographische Information der Deutschen Nationalbibliothek: Die Deutsche Nationalbibliothek verzeichnet diese Publikation in der Deutschen Nationalbibliografie; detaillierte bibliographische Daten sind im Internet über http://dnb.dnb.de abrufbar.

Herstellung und Verlag:
BoD – Books on Demand, Norderstedt
ISBN: 9783746099606

In tiefer Verbundenheit

mit all den Lebendigen,

die mir ihre Begegnung

schenkten.

Zweisprache

Daniela Noitz & Guido Ahner

Aus meinen Händen ...

Zweisprache lebendigen Atems

Zweisprache der Annäherung

Zweisprache des Erkennens

Zweisprache des Verwebens

Zweisprache des Verlierens

Zweisprache der Sehnsucht

Zweisprache des Wiederfindens

Zweisprache aus Ich und Ich

Zweisprache aus Du und Du

Zweisprache bis zum Wir

Zweisprache der Veränderung

Zweisprache der Treue

„Es gibt kein Oben und kein Unten mehr, keine Unterdrückte und keinen Unterdrücker, im Blick, der sich in Liebe spricht. Und ich sehe den Himmel, der sich über uns wölbt."

„Es gibt kein Oben und kein Unten mehr, nur den Augenblick, den Blick der Augen, der sich uns finden lässt, ineinander finden, und der Himmel ist unser Dach, denn in Freiheit haben wir uns geboren."

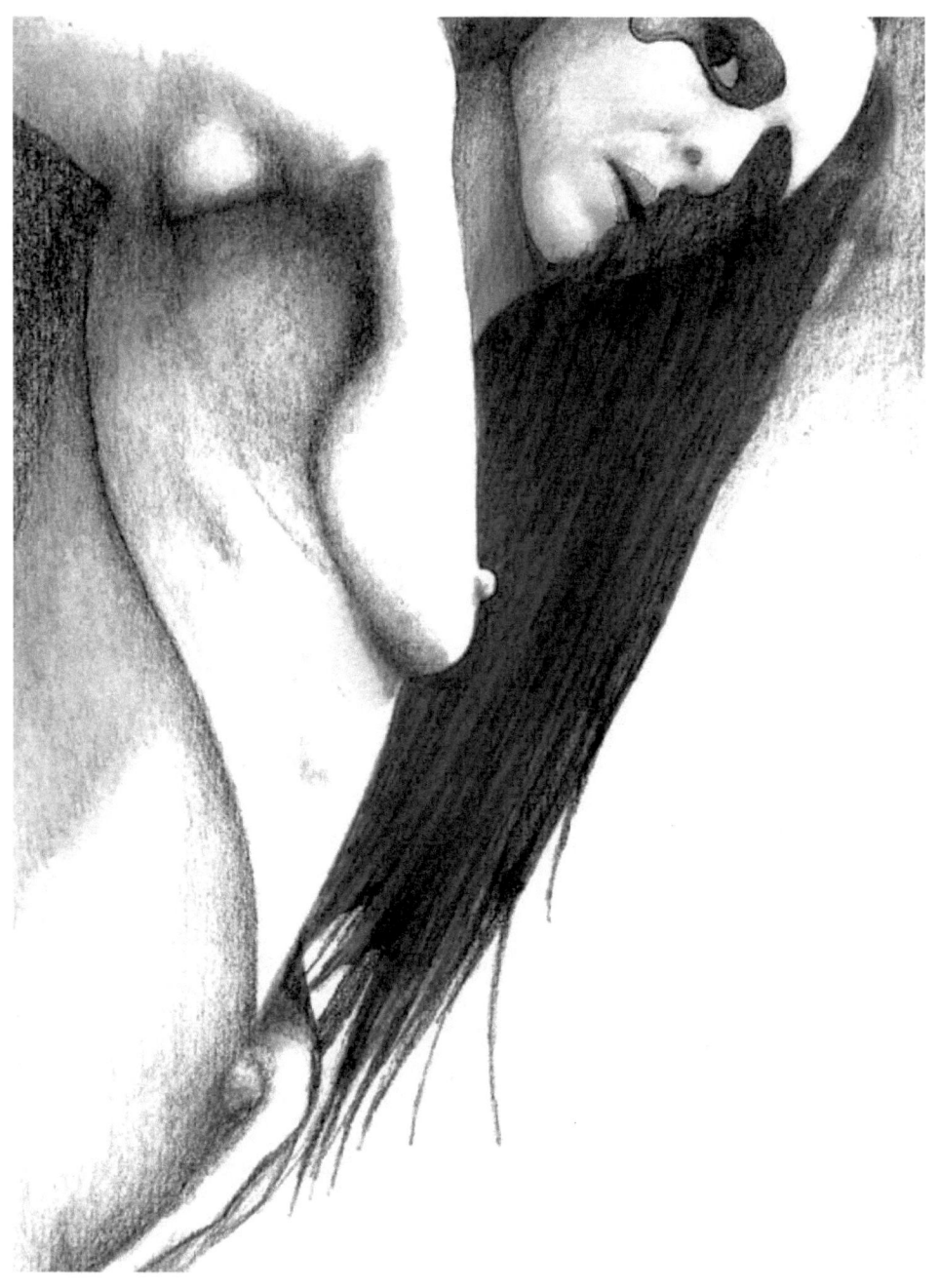

„Ich hatte mich in Härte gewandet. Ich hatte mein Gesicht geteilt. Schwarz und weiß. Nur das. Ich hatte mich geschützt. Stark und unantastbar wollte ich sein."

„Und ich war verstört, über Deine Härte, Deine Unzugänglichkeit. Schwarz und weiß war Dein Blick. Eingeengt, verhärtet. Ich wollte Dir die Farben des Regenbogens, die Nuancen des Lebens zeigen."

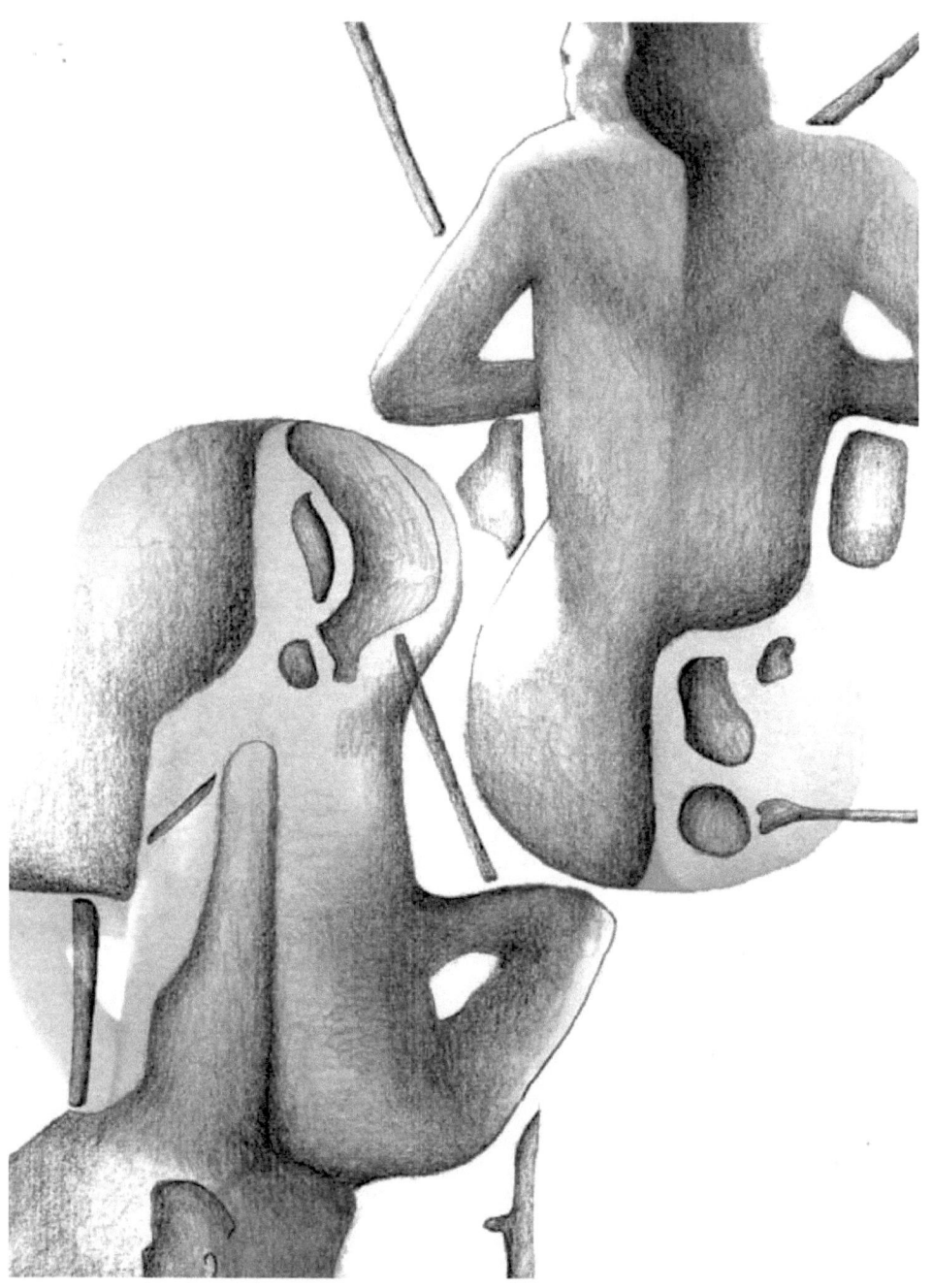

„Verbannt hast Du mich, aus dem Kreis des Lebens, da ich nicht niederknien wollte, da ich nicht huldigen wollte, dem, der mich unterdrückt und versklavt, doch dann wurde ich aufgerichtet, aufs Neue."

„Stärker und voller als je zuvor, meine Liebste, hast Du Dich aufgerichtet, denn das Wort war Liebe, war Hingabe, und der Blick war Nahrung und Überfluss, so dass ich zu Dir aufblickte, und Du mich erhobst zu Dir."

„Auflösung. Ich kenne mich nicht wieder. Ich will nicht auf Dich zugehen, nicht in Dich eingehen. Es ist, als würde ich auf dem Weg mich selbst verlieren. Was machst Du mit mir, wenn Du es einfach zulässt, dass ich nichts mehr kenne was vormals Ich war, nichts mehr wiedererkenne, was ich mir benannte?"

„Meinst Du, Du kannst auf mich zugehen, in mich eingehen, und einfach bleiben, in dem was war? Meinst Du, Du kannst die Bruchstückhaftigkeit eines Ehemals einfach beibehalten? Meinst Du, Du kannst lieben und ganz bleiben?"

18

„Eingebettet bin ich in Deinen Blick, der mir die Welt neu schafft, in Deinen Blick, der mich neu schafft, und doch nur das sich in mir entfalten lässt, was als Möglichkeit schon immer vorhanden war, was Leben in mir war."

„Niemals hätte ich gewagt es zu fordern. Niemals hätte ich auch nur geahnt was es sein könnte, was es werden könnte, als ich Dich umwarb mit meinem Blick. Du wardst Annahme und Hoffnung und Gabe."

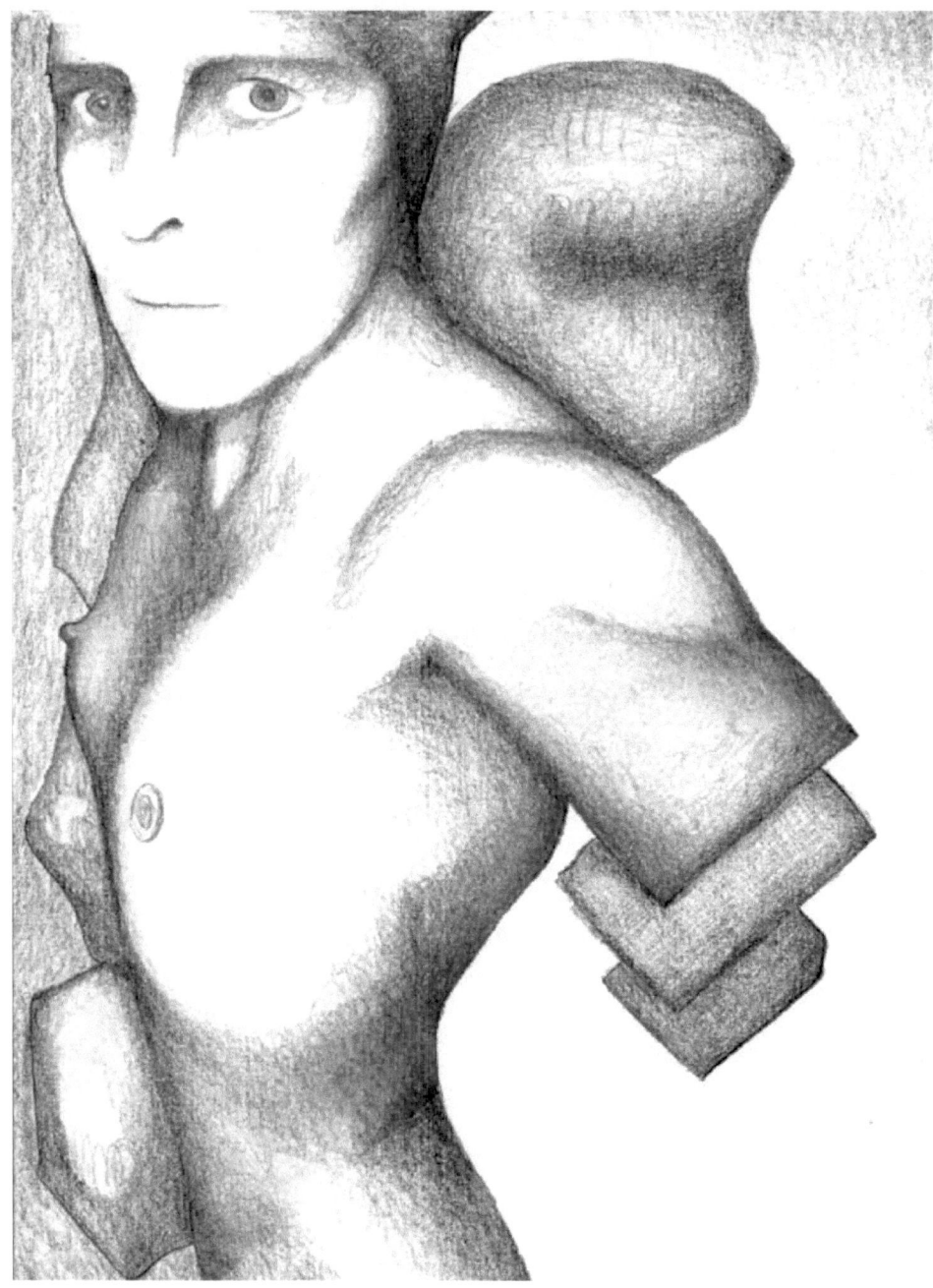

„Mein Haar ist widerspenstig. So wie ich. Wer sagt, dass das so sein kann, einfach so sein kann, nur weil Du sagst, dass es so sein kann. Mein Haar sperrt sich gezähmt zu werden in eine Beruhigung. So wie ich."

„Widerspenstigkeit hat ihren Reiz. Ich fasse Dich unter. Ich will Dich zähmen, doch nicht zwingen, will Dich mir vertraut machen, aber nicht unterwerfen, denn der süße Glanz der Freiheit lässt Dich mir erblühen."

„Ich bin. Dein Blick folgt meinen Konturen und formt sie. Hügel und Täler, die sich ereifern Dir zu gefallen, Dir zu Gefallen zu sein, denn Du gibst ihnen Stabilität und Eindruck. Ich bin, in Deinem Blick."

„Und ich will nichts als Dich ansehen, jeden Teil von Dir mit meinen Augen willkommen heißen, ihn mir einprägen, und das Bild in mir immer neu werden lassen, immer mehr komplettieren."

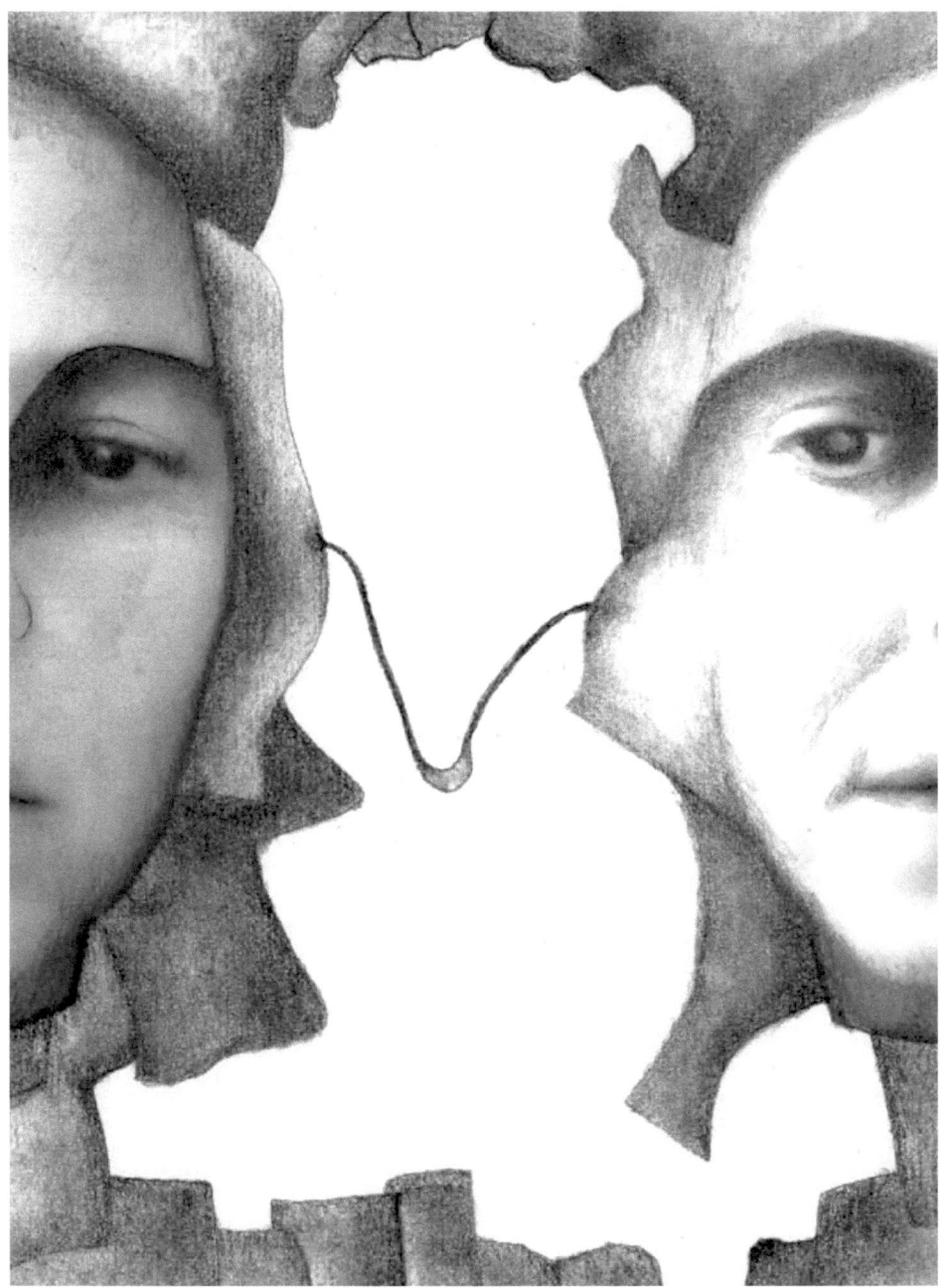

„Komm zu mir, mein Freund. Du bist müde. Die Erschöpfung steht in Deinen Augen. Komm zu mir, mein Freund. Labe Dich an mir. Trink von mir. Lass Deine Lippen Heimat finden an meinem Körper. Bette Dich bei mir und finde Ruhe."

„Ich eile zu Dir, meine Freundin, und nichts könnte mich mehr laben, als der süße Geschmack Deiner Haut. Ich will mich erfreuen an Deiner satten Weiblichkeit, Stärke und Kraft schöpfen aus Deiner Zuwendung, so sanft und warm."

„Dein Blick wird zum Raum, in dem ich mich bewege. Dein Blick, der mich rundet. Rund und warm trete ich Dir entgegen, weiblich, geerdet und offen. Nimm mich in Deinen Blick und lass mich sein."

„Ich will ihn Dir schenken, diesen Raum, in dem Du Dich offenbaren, sehen lassen kannst, in dem Du Dich entfalten und erblühen kannst, in dem Du mich sehen lässt und sehend machst."

„Weit war Dein Weg, weit und hart, rastlos und unstet Dein Wesen, bis Du die Höhle erreichtest, die Dir Aufenthalt und Schutz bot. Heimat zu finden, um Dich zu bergen und zu wärmen. Hier wirst Du Ruhe finden."

„Wo ich Ruhe finde und die Spannung aus mir weicht, spüre ich, wie ich erstarke und die Höhle erfülle, die mir Einlass gewährte, mich in sie zu bewegen, in ihr zu bewegen, sie zu erobern und zu bewohnen, mit mir."

„Ich will es wachsen lassen, wie den Keimling
in meiner Hand. Und ich ward neu. Der Blick,
der mich in die Ungewissheit schleuderte,
wendete mich zur Freiheit. So erstehe ich neu,
in einen neuen Anfang, in ein neues Mich-Fühlen,
in ein neues Erfüllen."

„Wo Du die Gebrochenheit hinter Dir ließt,
wurdest Du neu, wurdest Du heil und ganz,
und ich vermag Dich zu sehen, wie Du wirklich
bist, wie Du niemals wagtest zu sein. Komm zu
mir, meine Venus, Schaumgeborene, kraftvoll
und stark."

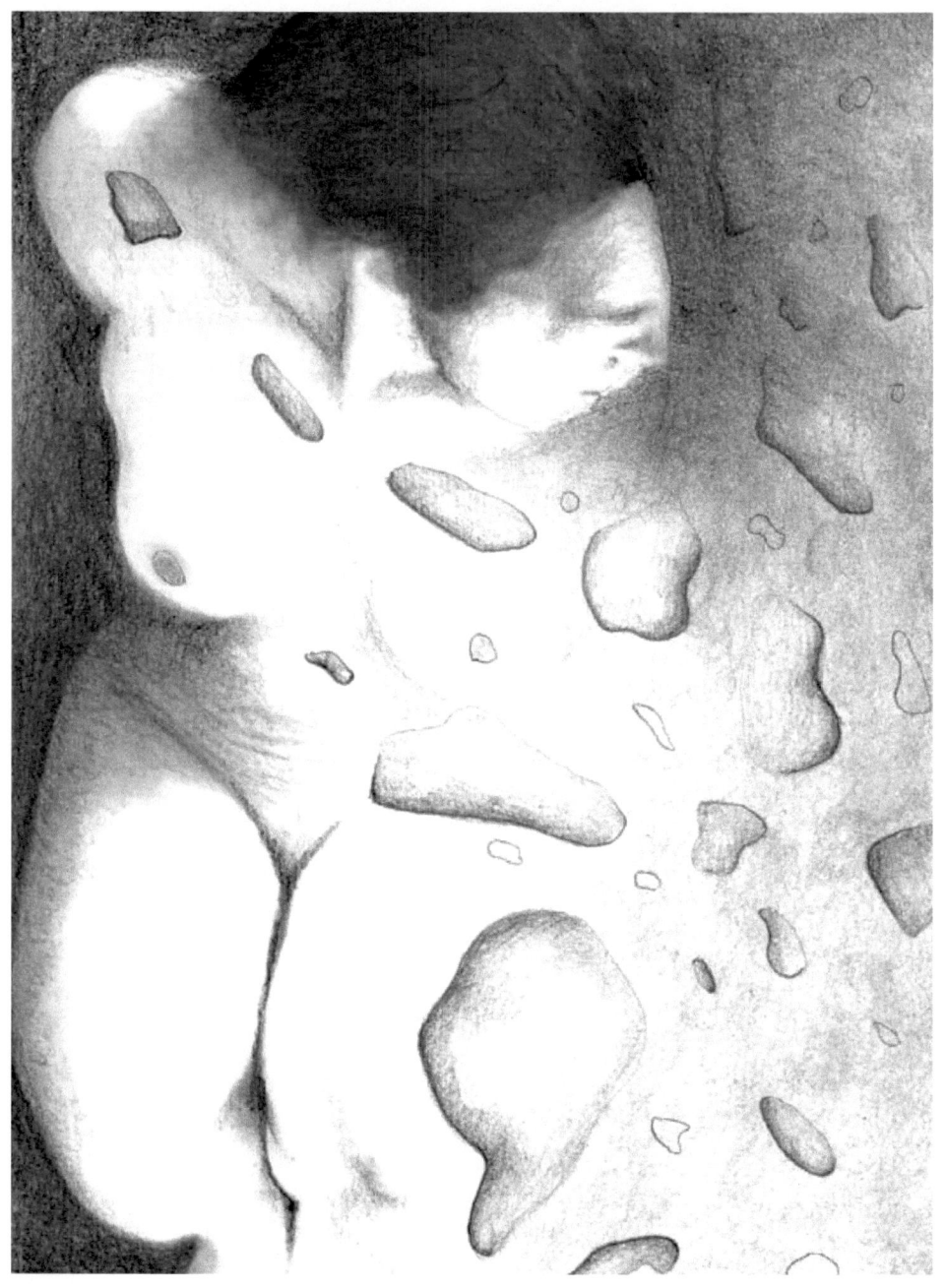

32

„Du hast mich hineingestellt, in mein Dir-sein, und darin werde ich mehr, immer mehr. Du machst mehr aus mir, als dieses eine, kleine Ich, machst mehr aus mir als Vereinzelung, machst mehr aus mir als Subjekt, machst Du aus mir."

„Du hast Dich in mich eingelassen, und ich habe Dich mir entdeckt, habe Dich ausge-kostet, ohne je zu Ende zu kommen, habe mich an Dir gesättigt, ohne je ganz an den Grund zu kommen, habe mich in Dir ergangen und Dich doch nie ganz durchschritten."

„Und selbst wenn ich mich verberge, hinter
Masken und Tarnungen. Selbst wenn ich meine
mich verstellen und hintanhalten zu können, so
siehst Du es doch, das Feuer, das Du in mir
entzündest, das mich glühen lässt für das
Leben, das sich mir je und unverhofft
eröffnete."

„Und selbst, wenn Du Dich noch so dicht
verschleierst, wenn Du mich abhalten möchtest
Dir immer mehr zu verfallen, so kannst Du den
Glanz in Deinen Augen nicht verstellen, der
mich in Dir je neu werden lässt, sterbend und
auferstehend."

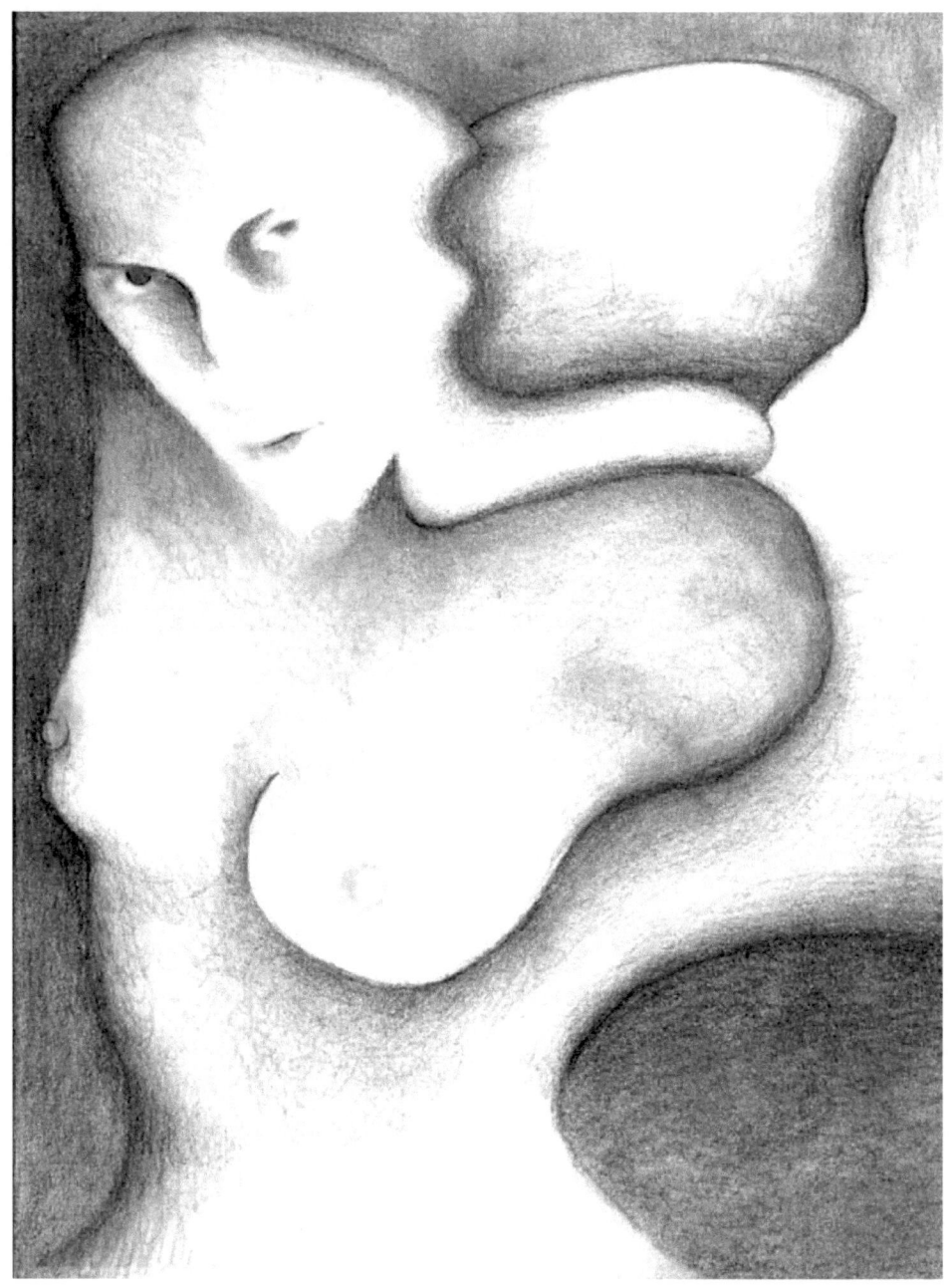

„Hast Du es denn nicht gewollt? Hast Du es denn nicht immer so gewollt, erbeten, erhofft, erträumt, ersehnt? Warum dann so zurückhaltend? Warum so zaghaft? Willst Du denn nicht emporragen bis zu den Gipfeln?"

„Gewollt, erbeten, erhofft, erträumt, ersehnt, und ich halte mich nicht zurück, nehme Dich an, nehme Dich, weil ich mich emporschwinge, bis zu den Gipfeln, weil ich Dich auflade um sie mit Dir zu erklimmen."

„Stückwerk. Alles bloß Stückwerk. Verhärtete
Fronten. Mauern, die stehen. Ecken, die
erhärten. Und das Durcheinander. Und die
Unzulänglichkeit. Und die Trostlosigkeit. Und
der Schmutz der Alltäglichkeit."

„Nichts lässt sich zwingen. Niemand lässt sich
zwingen. Was Härte mit Sanftmut begegnet wird
rund. Ungeordnetheit mit Geduld zu begegnen
schafft Verkettungen. Und die Ecken werden
aufgebrochen in die Weite."

40

„Wenn es wäre, dass Du mich pfählst und mich meiner Bewegungsfreiheit und meiner Sprache und meines Tuns beraubtest, so könntest Du doch nicht hindern, dass sich meine Bewährung in meinen Augen spiegelt."

„Und wenn ich alle Möglichkeiten hätte Dich zu fesseln und an mich zu binden und zu zwingen, wenn ich freie Hand hätte, so würde ich sie doch nur nutzen, Dich in die Freiheit zu führen, die Dir meine Liebe eröffnet."

„Ich habe mich eingeschlungen. Ich habe mich zurückgezogen in mich selbst. Ich habe mich unkenntlich gemacht. Zu viel von oben herab. Zu viel über mich hinweg. Und ich wende mich ab von dem, was mich doch nicht loslässt, was mich bindet."

„Die Verbitterung lässt Dich taub werden für meine Zuwendung, manifestiert die Abwendung und hindert Dich zu erreichen. Ich will nicht heucheln und mich nicht verstellen, aber ich werde da sein, wenn Dein Blick zurückfindet, zu dem, was Dich bindend freisetzt."

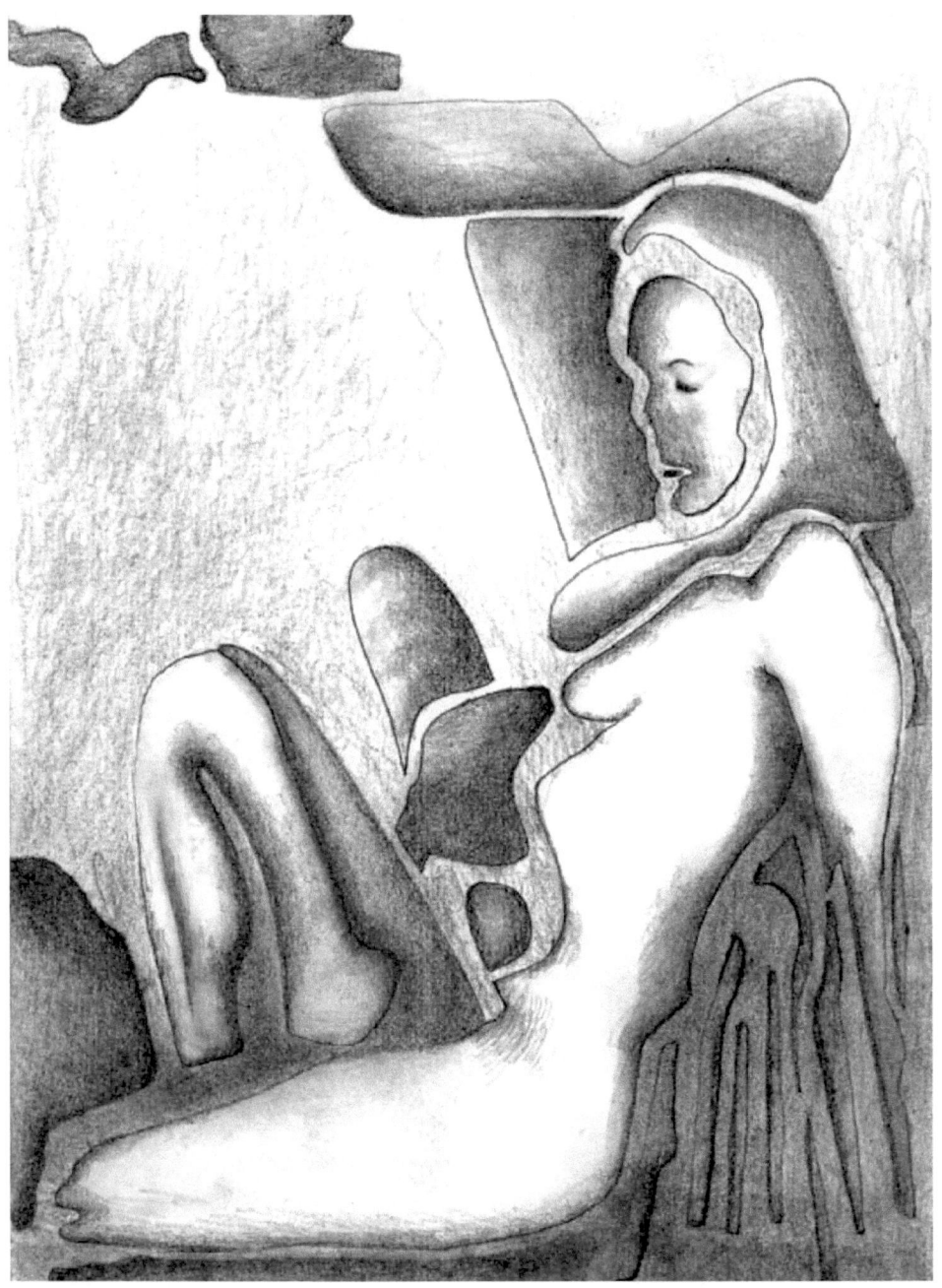

„Es gibt nichts weiter zu bedenken. Süße, leichte Gedankenlosigkeit, eingebettet in unbegrenztes Wohlsein. Ich umfasse mich und im Umfassen bin ich Deine Umarmung, bin ich die, die Du berührt hast."

„Darstellung Deiner Selbst in wohliger, unverstellter Zufriedenheit, die mich betört und beseelt und bestätigt, und mich antreibt Dich immer wieder darin sehen zu wollen, Dich darin zu führen."

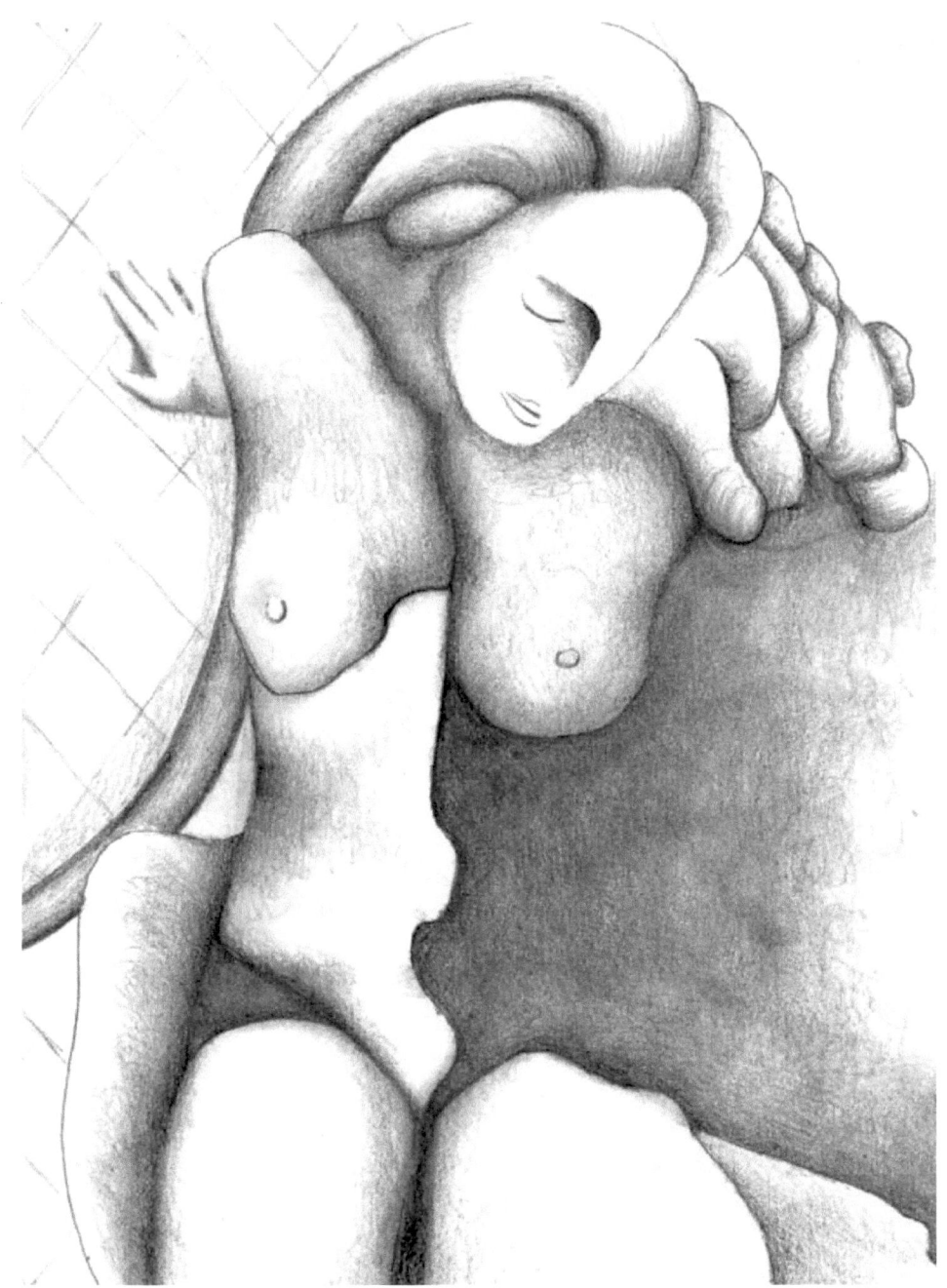

„In Einklang, in Harmonie, in Seligkeit versinken. Windend in verzehrender, nährender Glut. Vergehen in Glückseligkeit, aufzuerstehen in Wonne. Weidend auf der Wiese des Begehrens."

„Ein Herzschlag, ein Atem, ein Rhythmus, eintauchen und auftauchen, versinken und erheben, verlieren und gewinnen, suchen und finden im nie versiegenden Strom des Lebens, umwindend, umflechtend und umfangend."

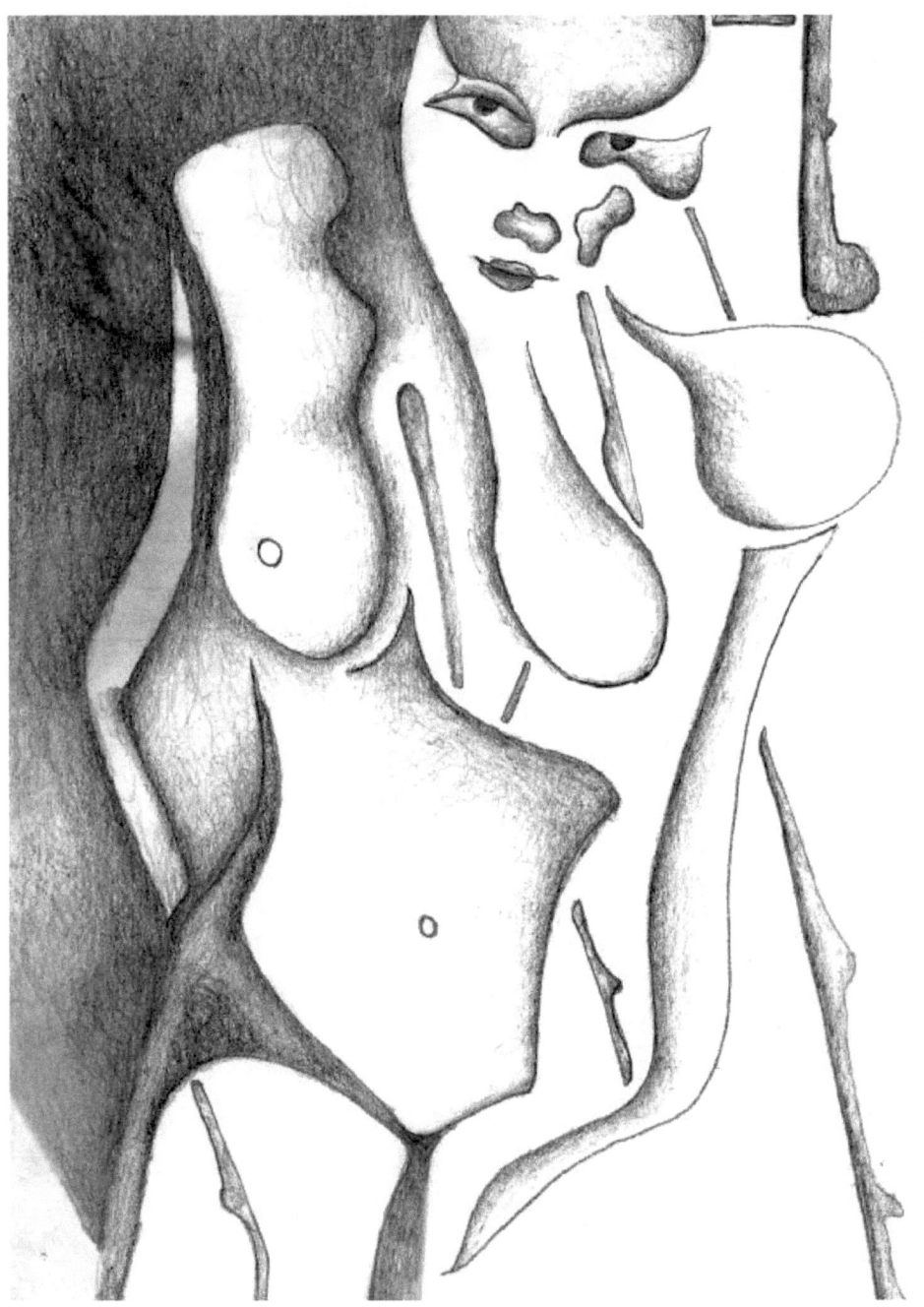

48

„Und wenn Du mich eroberst, wenn Du in mich dringst und in mir anschwillst, größer wirst, bis ich zerberste, in Deinen Händen, dann löse ich mich auf und lasse mich wieder neu zusammensetzen. Süßer Schmerz der Zerrissenheit."

„Süßer Kelch der Bitternis, den ich Dir zu kosten gebe, wenn ich in Dich dringe, Dich durchstoße. Süßer Kelch der Bitternis, den ich Dir zu trinken gebe, an dessen Grund die Süße wohnt."

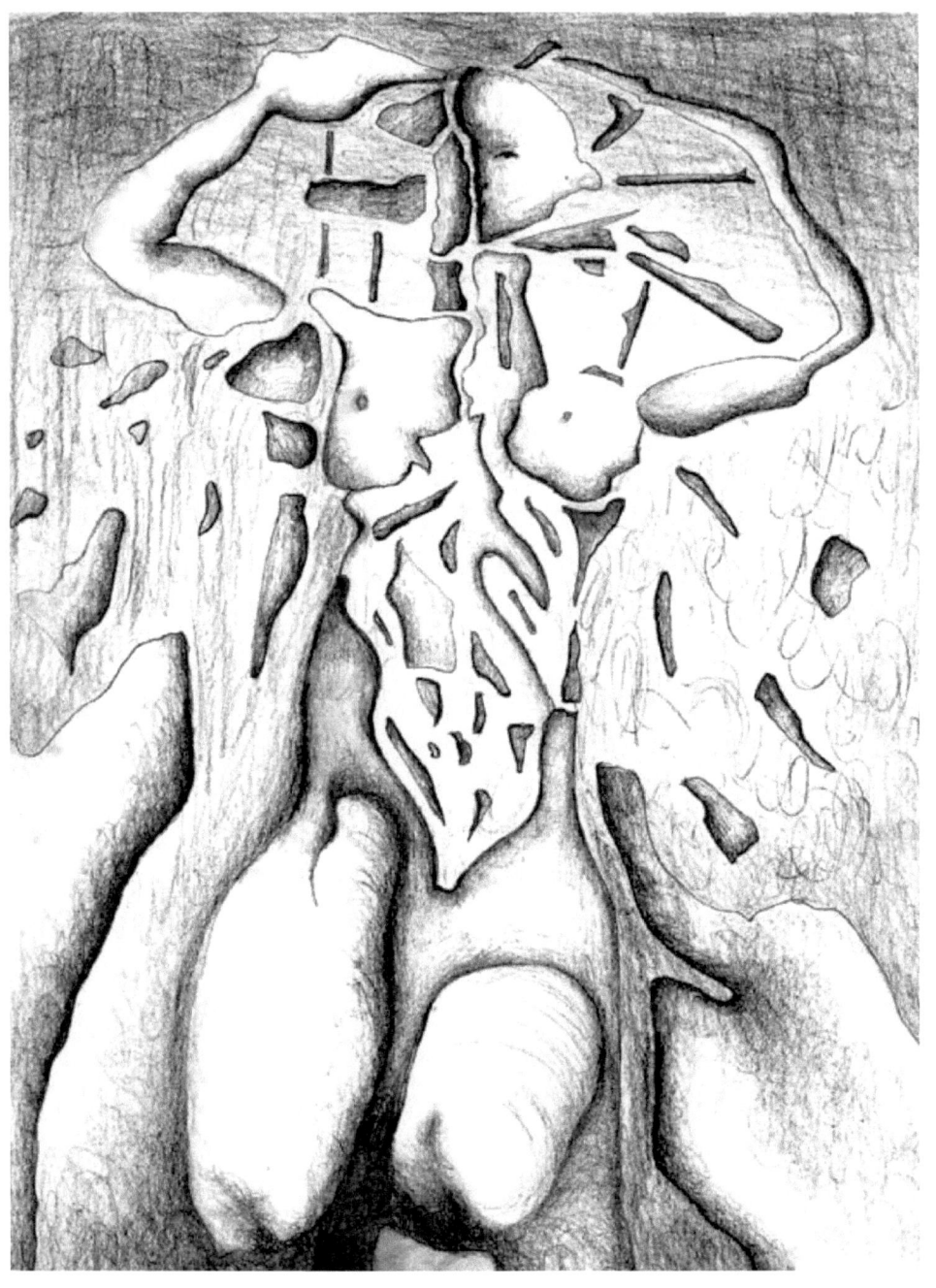

„Zu viel Betroffenheit, und zu wenig
Anteilnahme, zu viel Gehörtes und zu
wenig Verstehen, ließ meinen Blick hart
werden, und die Gedanken ummanteln
mit Eisen. Warum sollte ich geben, wenn
es nicht ankommt? Warum mich gefährden?"

„Weil das Leben mehr kennt als das
Erlebte und Erfahrene, weil es immer noch
ein ganz Anders und ein Unerhört und ein
Ungekannt gibt, weil die Öffnung nicht nur
Schmerz sein muss, sondern auch Erlösung
bewirken kann."

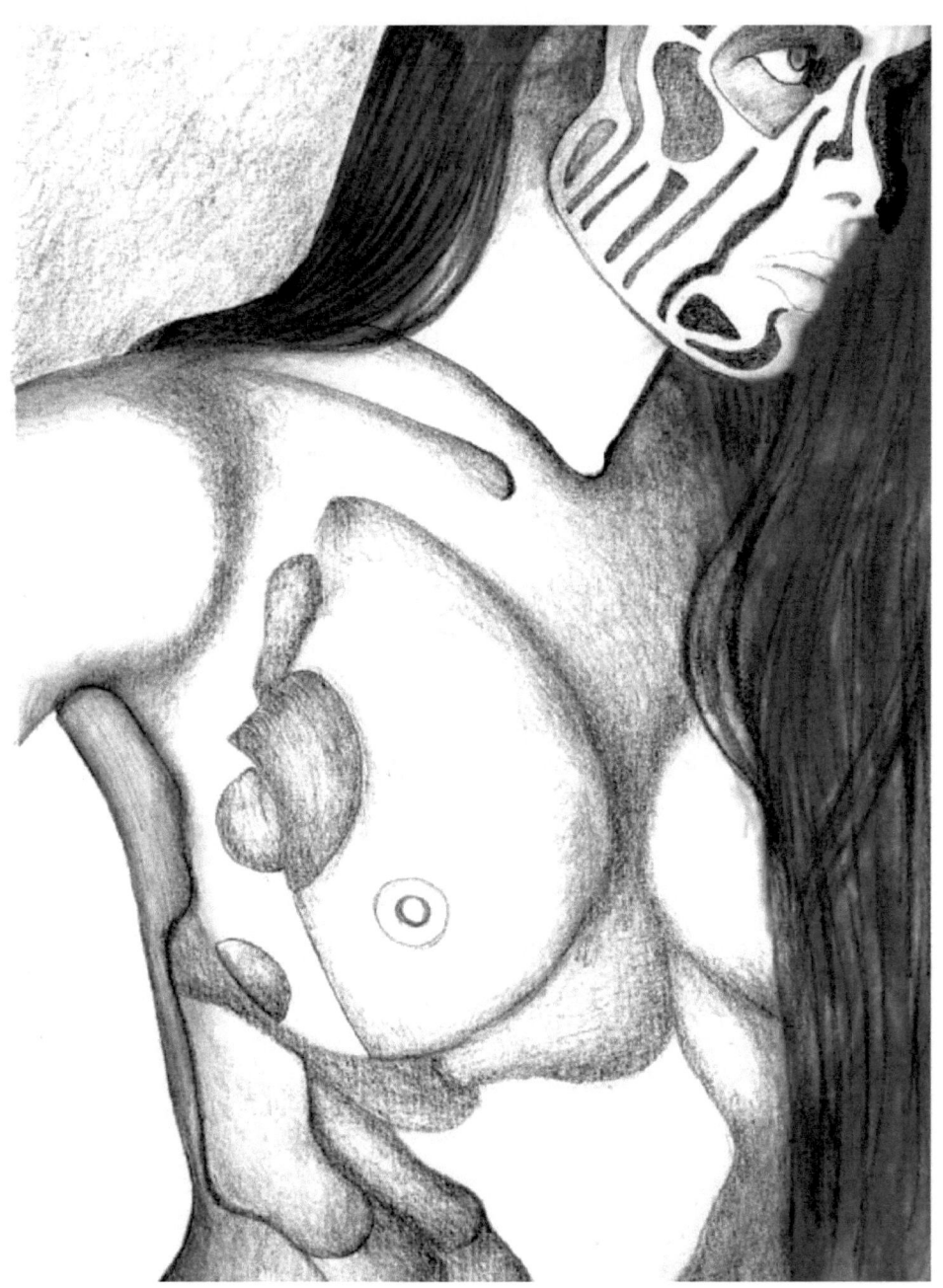

„Ich war Dir Öffnung, und siehe, Du legtest den Keim in meine Hände und das Leben wuchs daraus, wild und ungestüm, sich verästelnd, sich definierend, sehend werdend."

„Ich legte den Keim in Deine Hand, die Du mir öffnetest, und gabst dem Leben, das wir sind, Raum, und in der Umarmung wuchs es, wild und ungestüm, sich verästelnd, sich definierend, sehend, werdend."

„Verschlossen waren meine Lippen, wie versteinert, bis Du sie öffnetest. Verschlossen war der Zugang zu mir, bis Du ihn weitetest. Verschlossen war mein Inneres, bis Du es Dir offenbartest."

„Ich bedachte Deine Lippen mit meinen Küssen, und sie sprangen auf. Ich beschwor Deine Weite mit meiner Nähe, und sie ließ mich den Zugang finden. Ich versprach Dir Erfüllung, und Du öffnetest mir Dein Innerstes."

„Ich lasse mich. Ich lasse mich einfach los.
Biegung. Streckung. Aufbäumen. Sinken.
Ich lasse mich. Es geschieht mit mir. Ich
lasse mich. Es geschieht auf Dich zu. Ich
lasse mich. Du geschiehst mir."

„Du überlässt Dich. Meine Hand liegt in
der sanften Biegung über Deinen Hinterbacken.
Du lässt Dich. Du steigst auf und ab. Du lässt
Dich. Näherst Dich und entfernst Dich. Ich
geschehe Dir, ich geschehe in Dir."

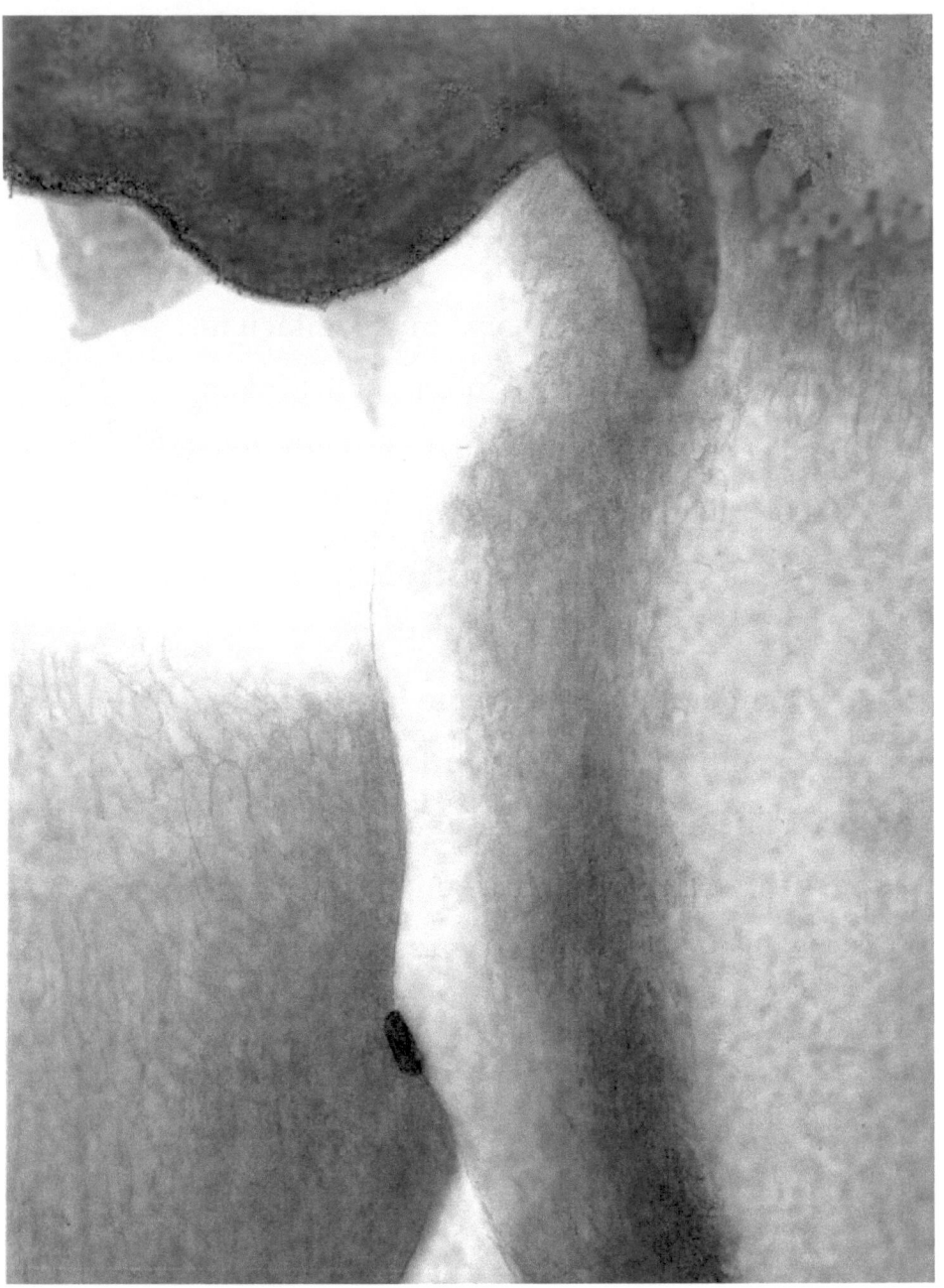

„Ausgefranst wie ein Blatt Papier, das der
Sturm zerzauste, doch ich spüre Deine
Annäherung. Und Deine Hände glätten das
Ausgefranste, Deine Lippen schließen die
Wunden und Dein Körper erhöht mich
zur Ganzheit.“

„Und es war mehr als bloß eine Ahnung,
mehr jedoch noch als Gewissheit, mehr als
das Umfassende, wenn ich mich auf Dich
und in Dich begebe, wenn ich Dich in
Ganzheit erlebe und Deine Entgrenzung.“

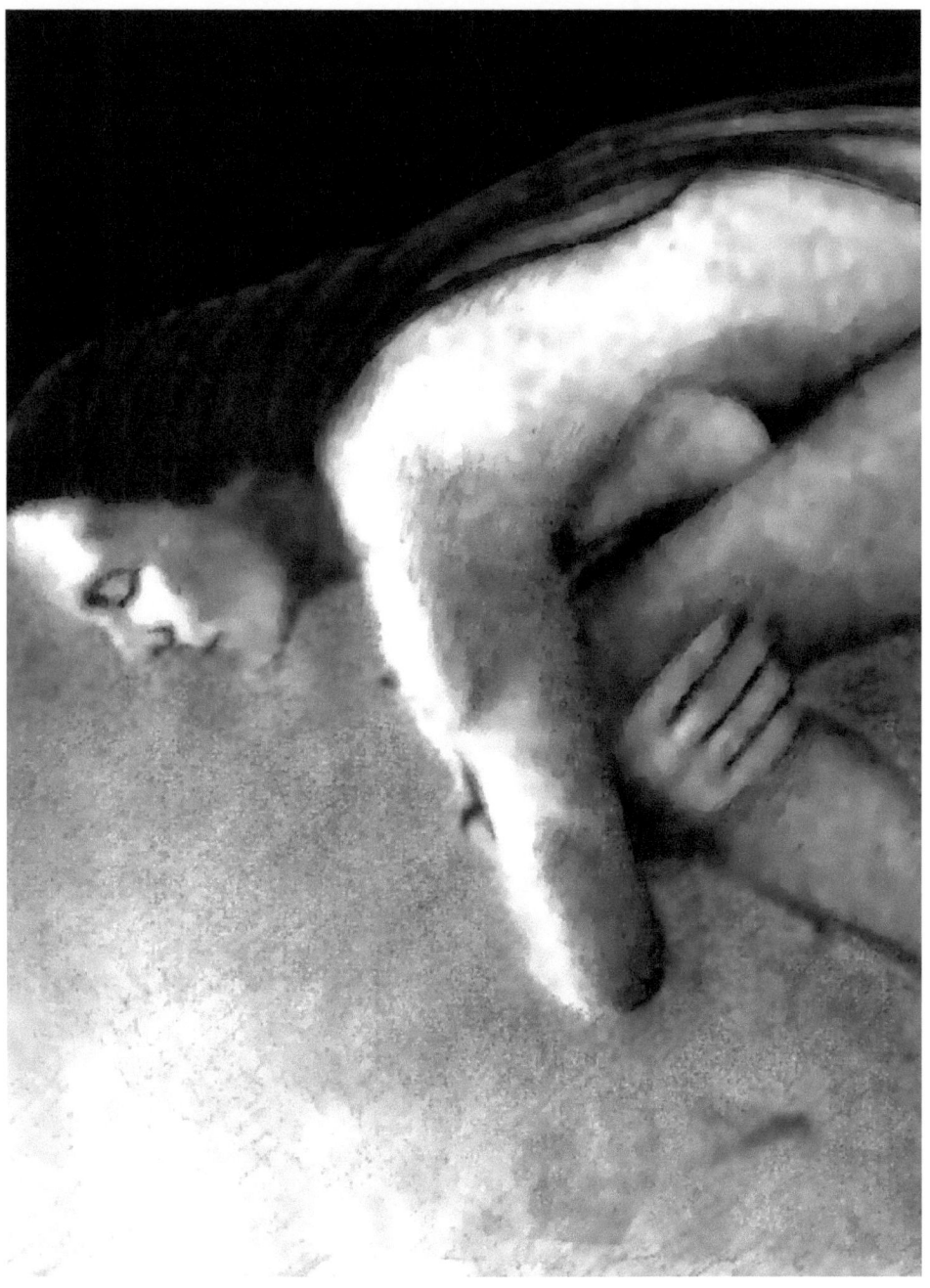

„Manchmal fühle ich mich kraftlos. Manchmal muss ich mich stützen. Der Boden hält mich. Ich blicke herab, an mir. Grau überzieht meinen Blick. Ziellosigkeit zeichnet meine Gedanken. Rückzug signalisiert mein Wollen."

„Manchmal findest Du mich und manchmal finde ich Dich. Ich erschließe Dir meine Kraft und Dein Blick füllt sich mit Zuversicht. Ich wasche das Grau von Deinen Augen und Du siehst die Farbe des Lebens."

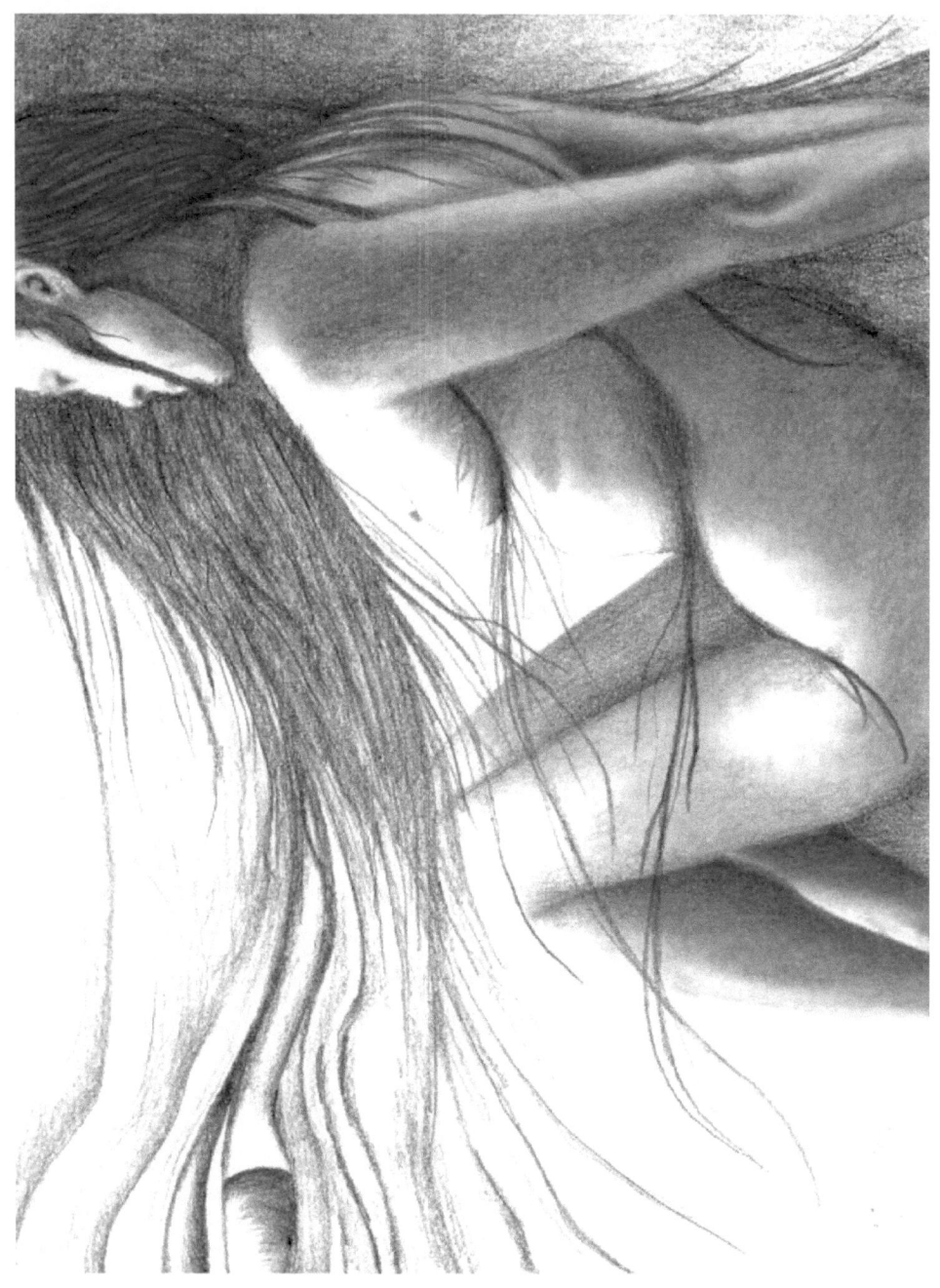

„Den Blick erhoben. Siehst Du mich denn?
Siehst Du mich denn wirklich wie ich bin?
Siehst Du denn mein Verlangen? Erträgst
Du es mich in meinem Begehren darben zu
lassen?"

„Nur eine kleine Weile noch, dann komme
ich zu Dir und werde Dir vergelten, Dein
Verlangen stillen und Dein Begehren heilen,
doch lass mich noch ein wenig ruhen, in diesem
Schmachten, das mich meint."

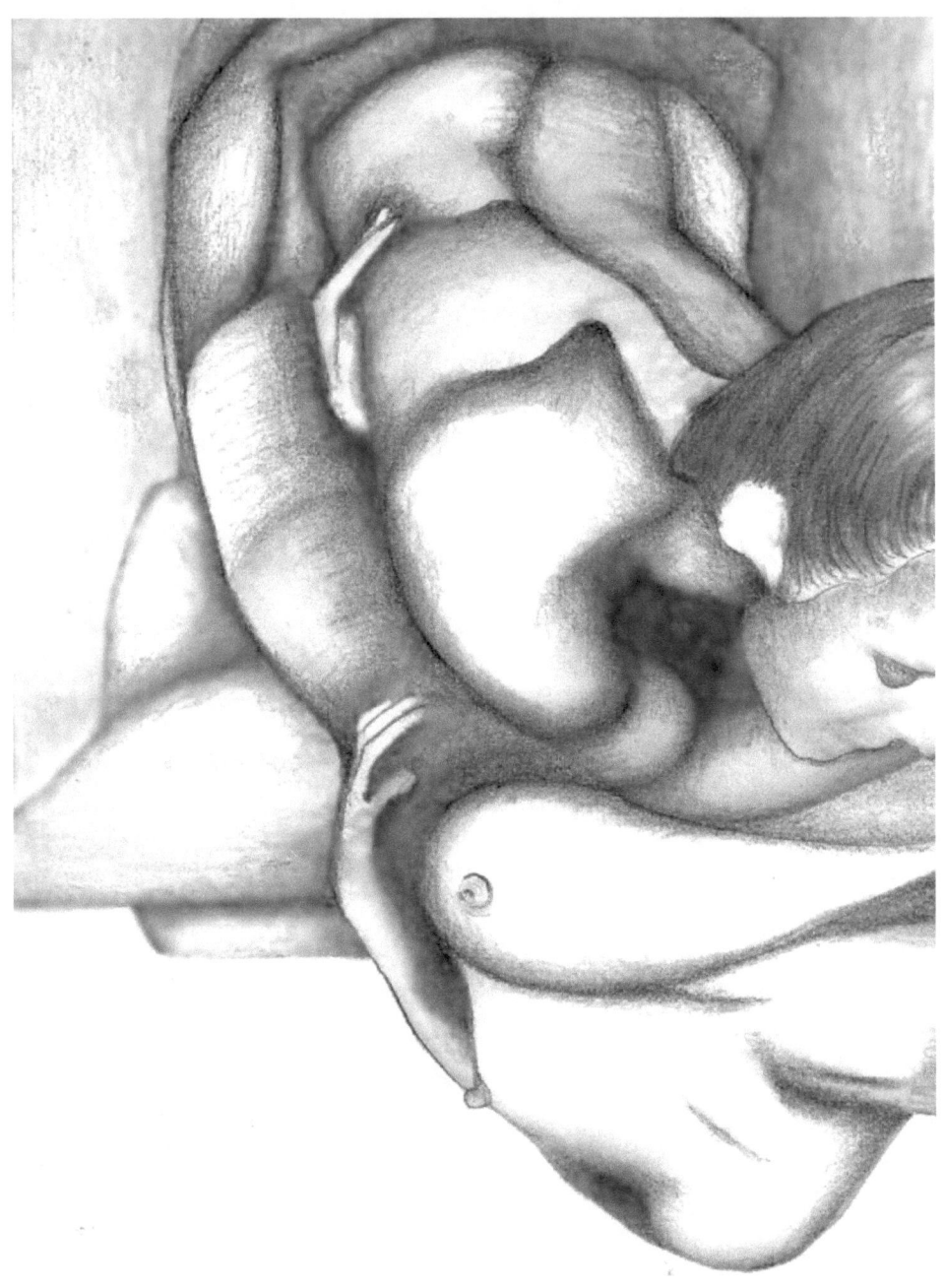

„Und ich genoss die Freiheit, im Raum Deines Blicks zu sein, einfach nur zu sein, die Welt neu zu sehen mit Dir, in all ihren Nuancierungen, während der Wind sanft meine Haare zerzauste und selbst diese in Bewegung blieben."

„Und ich genoss Deine Offenheit, da Du Dich mir hin entblößtest, zurückfandest in die unverdeckte Weiblichkeit. Weich und zart und sinnlich und gebend, die mich meinte und mich nannte."

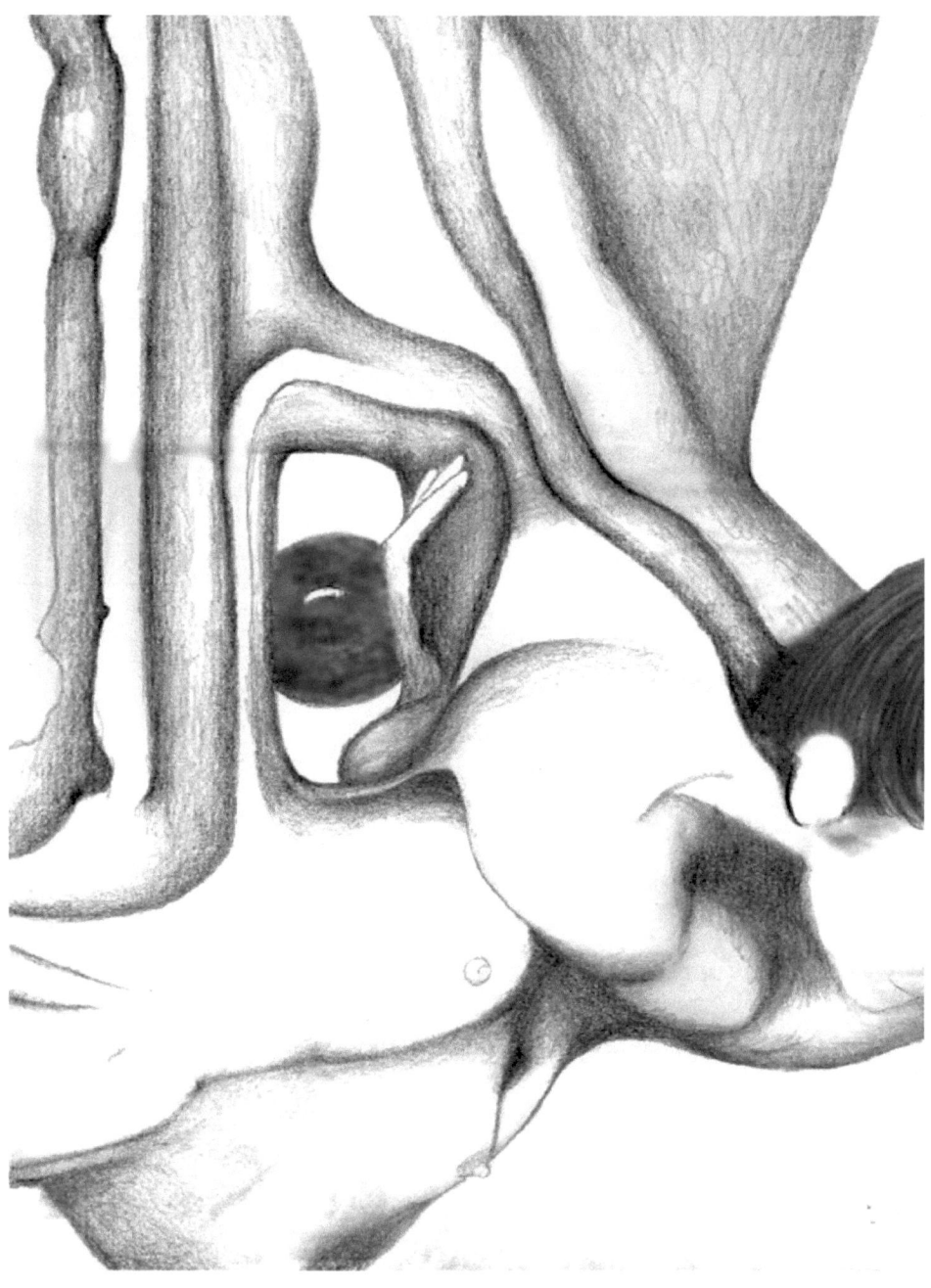

„Und siehe, Dein Blick öffnete mich, ließ
mich die Härte ablegen und das Schwarz-
Weiß. Ich ward müde und konnte mich
betten, in Deinen Schutz, der mehr war
als jede Verhärtung."

„Und siehe, Du strecktest Deinen Körper
in meine Umarmung, die Dir Halt schenkte,
das Zittern nahm und die Furcht, in meine
Umarmung, die Deine Verletzlichkeit
umhüllt und mit Hingabe labt."

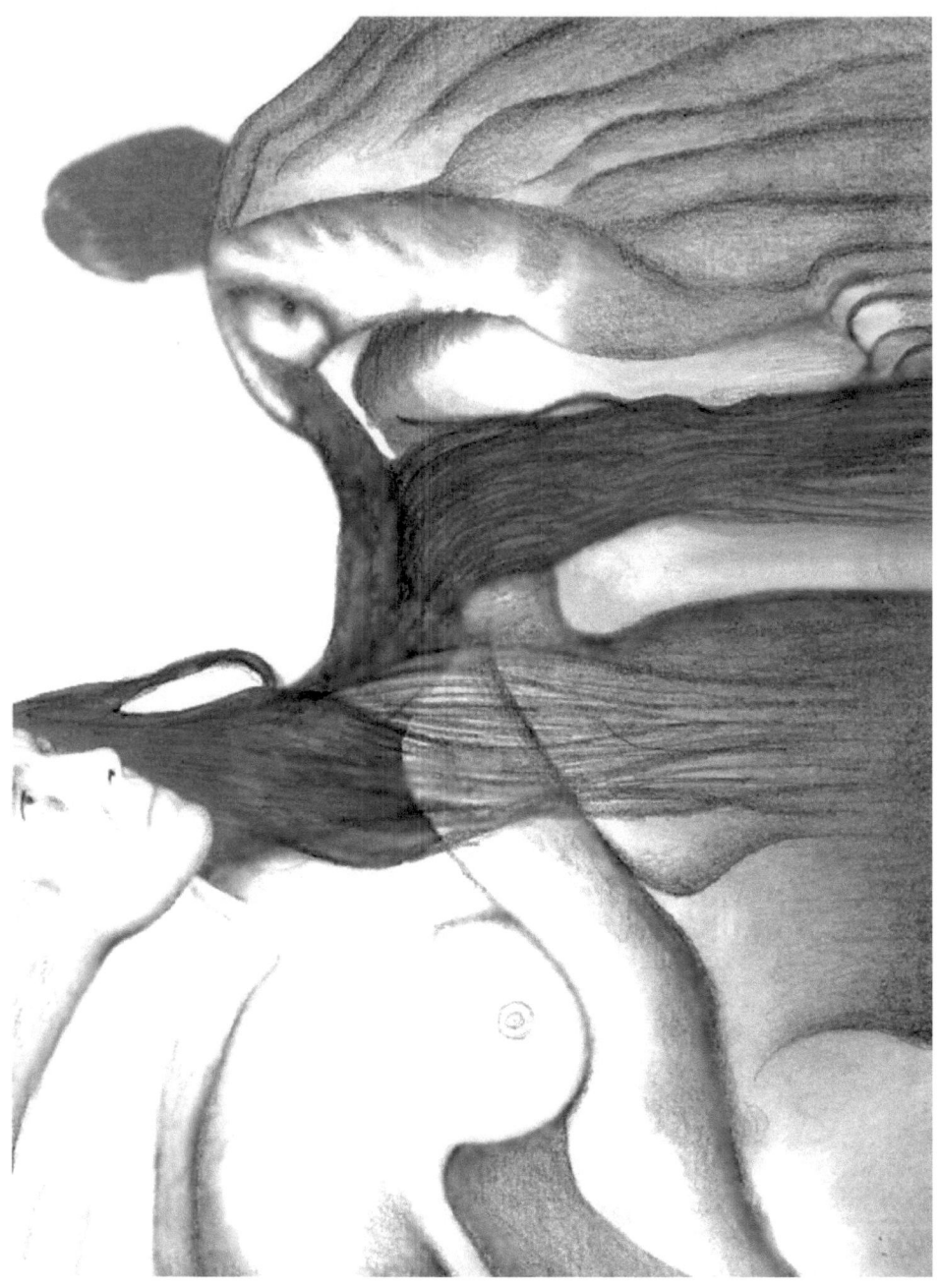

„Dein Blick, der mich werden lässt, die Luft des Lebens atmen lässt, begleitet mich, so dass ich mich behütet weiß, so dass mir nichts etwas anzuhaben vermag. Dein Blick erhebt mich in die eigene Weiblichkeit. Wärmend, nährend, gebend."

„Nichts weiter als mein Blick soll es gewesen sein, sagst Du mir, und ich vermag nicht zu sagen was es war, was es auf sich haben sollte mit meinem Blick, aber ich sehe Dich, atmend, blühend, lebend, und mein Blick soll es gewesen sein. So will ich ihn in Dir ruhen lassen."

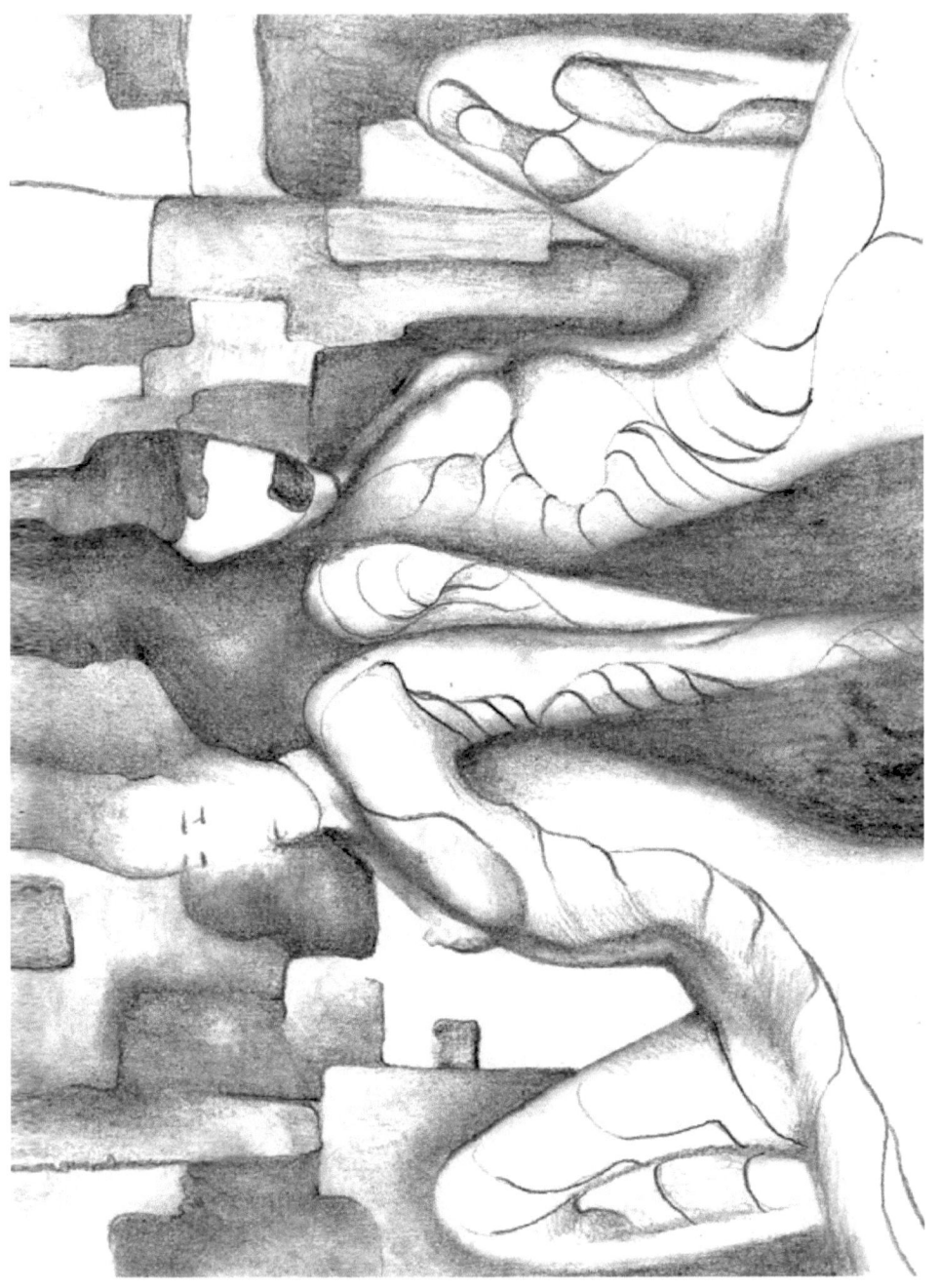

70

„Ich sah mich selbst, sah mich weich werden. Ich will nicht mehr zurückkehren. Du hast meinen Blick geöffnet, dass ich sehend wurde. Du hast meine Lippen geöffnet, dass ich Worte fand. Du hast mich geöffnet, dass ich Dir ward."

„Ich habe das Licht in Deinen Augen aufflackern sehen, Liebste, Deinen Mund sich mir öffnen und Deinen Leib sich mir darbietend, das Wort manifestierend, das Wort, das Öffnung bedeutet."

„Lass mich Dich führen, an einen Ort, an dem Milch und Honig fließen. Trinke, mein Freund, von dem, das den Durst stillt und im gleichen neu erstehen lässt, von dem, das nach immer mehr verlangen lässt."

„Lass mich Dich führen, an einen Ort, an dem ich Dich erquicke, mit Nektar und Ambrosia. Du wirst teilhaben an den Speisen der Götter, meine Freundin, die Dich nährend beleben und doch nie sättigen."

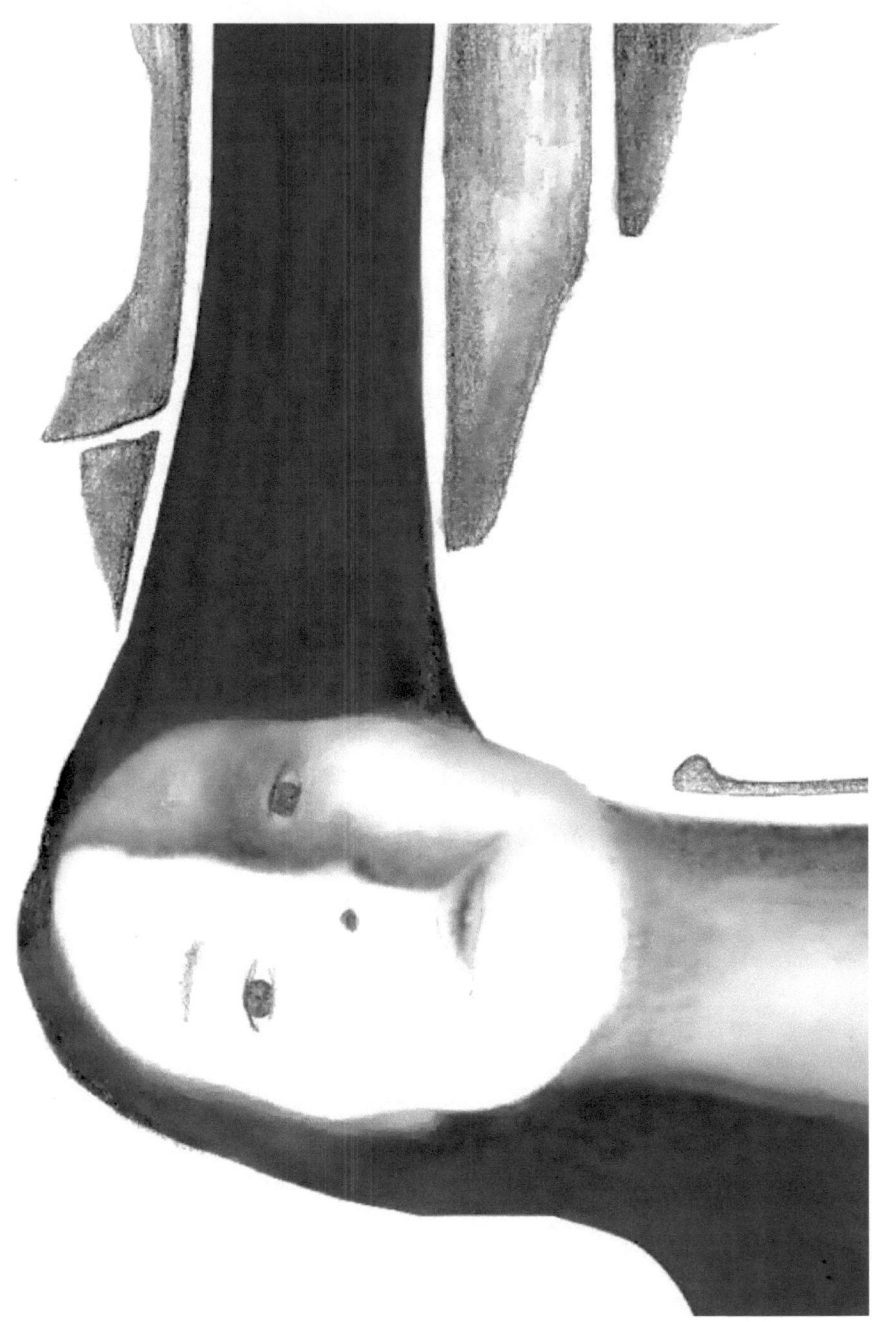

„Habe ich mich bisher versteckt in der
Umschlingung meiner Arme, so gebe ich
mich nun frei. Ungeschützt und unerschrocken
lasse ich mich sehen und erkennen und
erwärmen und erleben."

„Du hast die Rüstung, die Panzerung
abgeworfen und ich darf Dich annehmen,
unverstellt und unmaskiert, unverdeckt
Deiner Aufforderung nachgehen. Und mein
Auf-Dich-Zugehen ist ein In-Dich-eingehen."

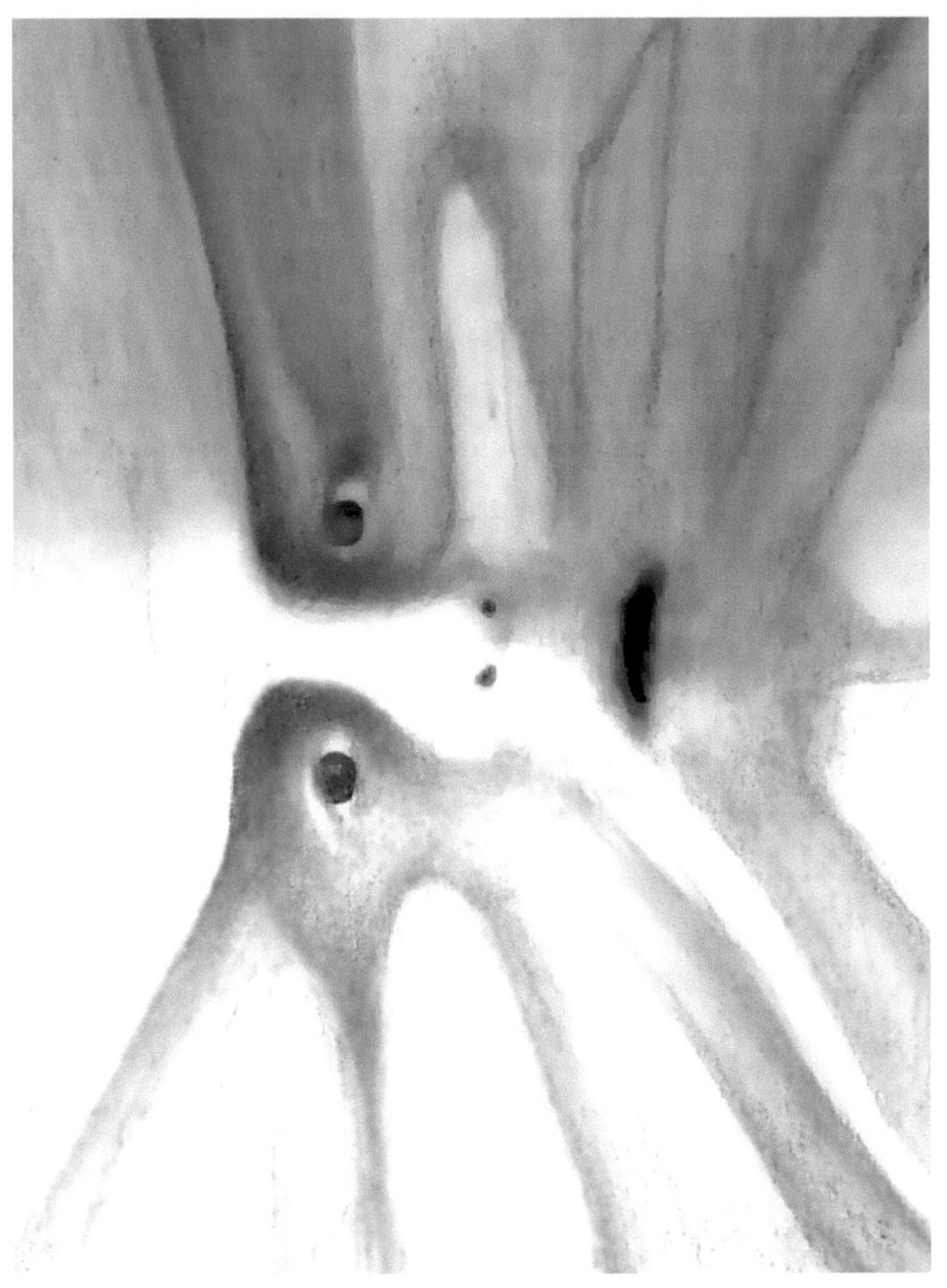

„Wie ein Baum, der gefällt wird, verliere ich mich, Stück für Stück. War es das, was ich nicht mehr brauchte? Ich sammle die Teile auf, doch sie passen nicht mehr, als wäre ich meinem Körper entwachsen. Nichts mehr passt. Nichts mehr, was gerade noch seinen Platz hatte, findet ihn wieder."

„Wie ein Baum, der beschnitten wurde, um ein edleres Reis eingepflanzt zu bekommen, bist Du. So wirfst Du das, was abgestorben an Dir war, von Dir ab und treibst neu, prächtiger, gediegener als je zuvor. Der Übergang ist der Schmerz, der den Abgrund aufdeckt."

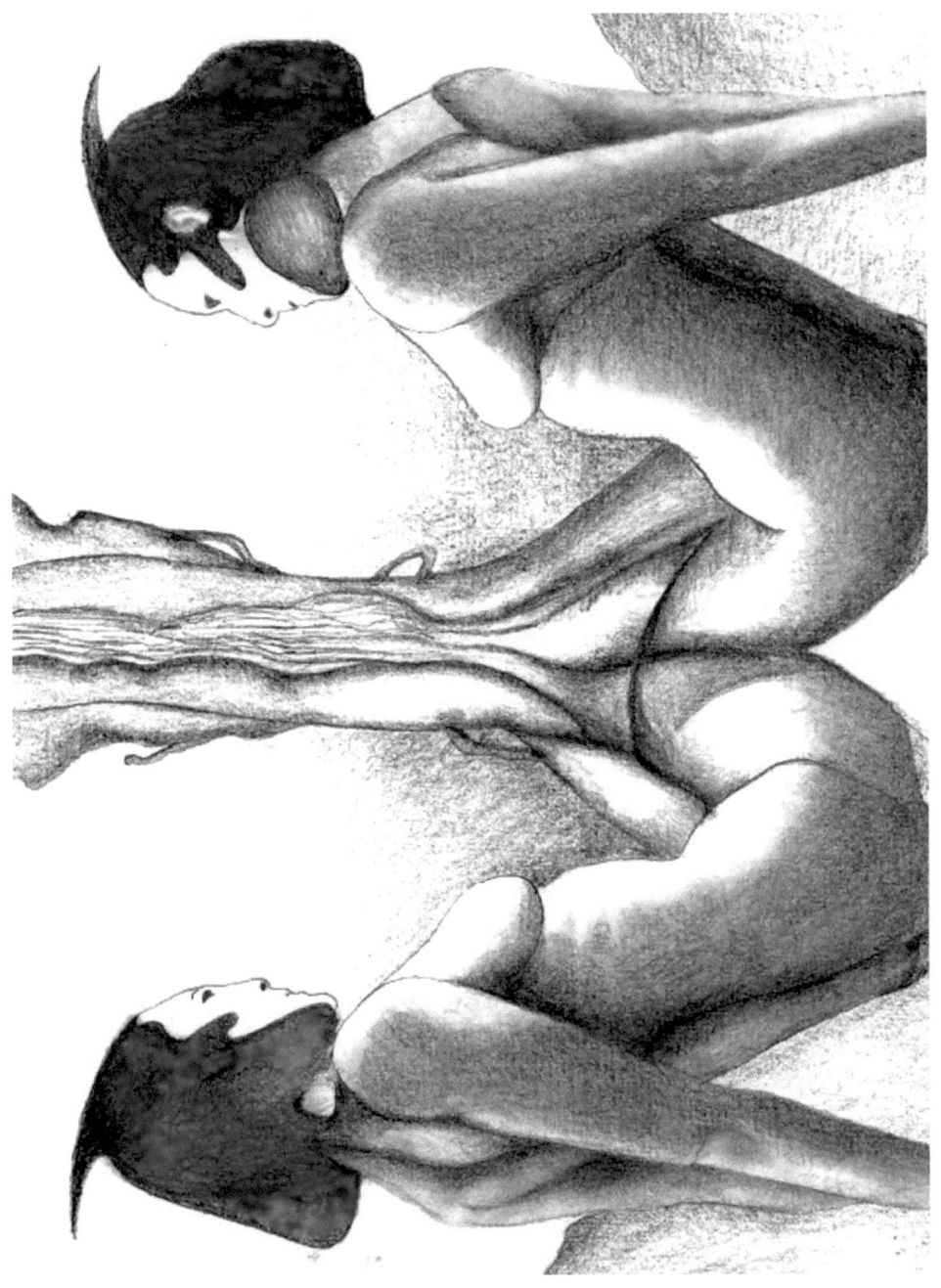

„Um meine Möglichkeiten wissend, wende
ich mich Dir zu. Um meiner selbst wissend,
wende ich mich Dir zu. Um meine Zuwendung
wissend, kann ich mich von Dir sehen lassen,
mich Dir darbietend, darbringend. Entdecke
mich mir und entdecke mich Dir. Wie ich nie
war. Wie ich immer war."

„Deine Möglichkeiten ausschöpfend, die sich
doch nie ganz erschließen, in ihrer Überfülle.
Und so wie Du Dich mir darbietest,
umschließen auch nicht länger die Arme
Deinen Leib, müssen Dich nicht länger bergen.
Wie Du immer warst. Wie Du neu bist."

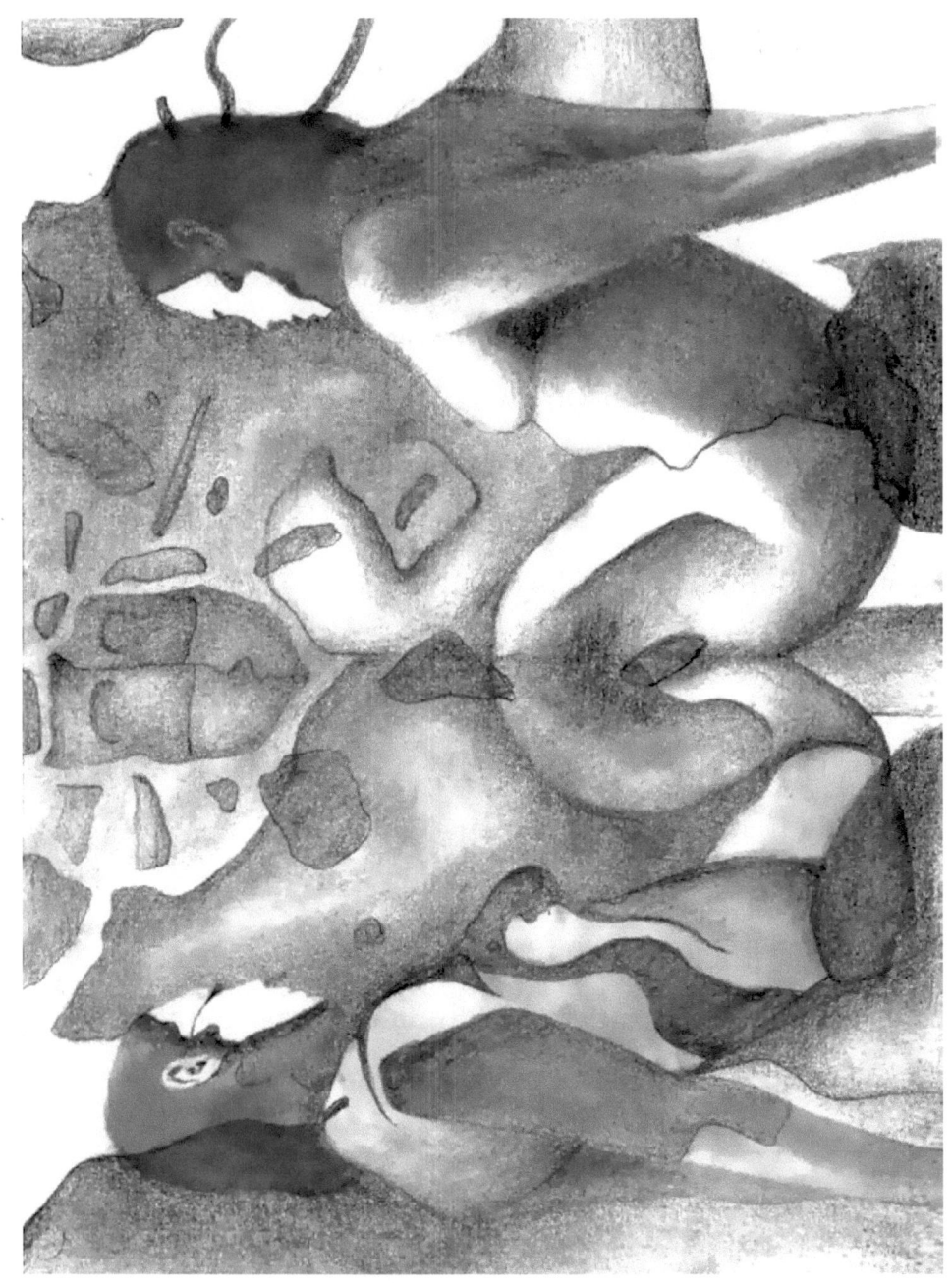

„Die Eine wie die Andere. Ist es denn immer die Gleiche? Ich will um Dich sein, wie das Wasser, in das Du eintauchst, Dich von allen Seiten umgeben und doch nicht einengen. Ich will da sein, als Raum und Gabe und Geschenk."

„Du bist immer die Eine, immer nur die Eine, in all Deinen Facetten, bist Du mir Herberge und Raum, Umfangen und Freiheit. Ich erstarke, wenn Du mich umgibst, erstarke in voller Lebenskraft, da Du mich mit Weichheit umschließt."

„Sieh mich an. Mir schwindelt. Der Boden entweicht. Er trägt mich nicht mehr. Leg Deine Hände auf meine Haut. Ich zittere. Das Verlangen gebietet. Es lässt mich in Dich fallen."

„Meine Arme umfangen Dich, Du wirst nicht fallen, und der Schwindel in Deinem Kopf verheißt Wonne. Und das Erzittern wird zum Erdbeben unter meinen Händen, die sich berührend in Deine Haut brennen."

„Wenn es wäre, dass Du mich pfählst und mich meiner Bewegungsfreiheit und meiner Sprache und meines Tuns beraubtest, so könntest Du doch nicht hindern, dass sich meine Bewährung in meinen Augen spiegelt."

„Und wenn ich alle Möglichkeiten hätte, Dich zu fesseln und an mich zu binden und zu zwingen, wenn ich freie Hand hätte, so würde ich sie doch nur nutzen, Dich in die Freiheit zu führen, die Dir meine Liebe eröffnet."

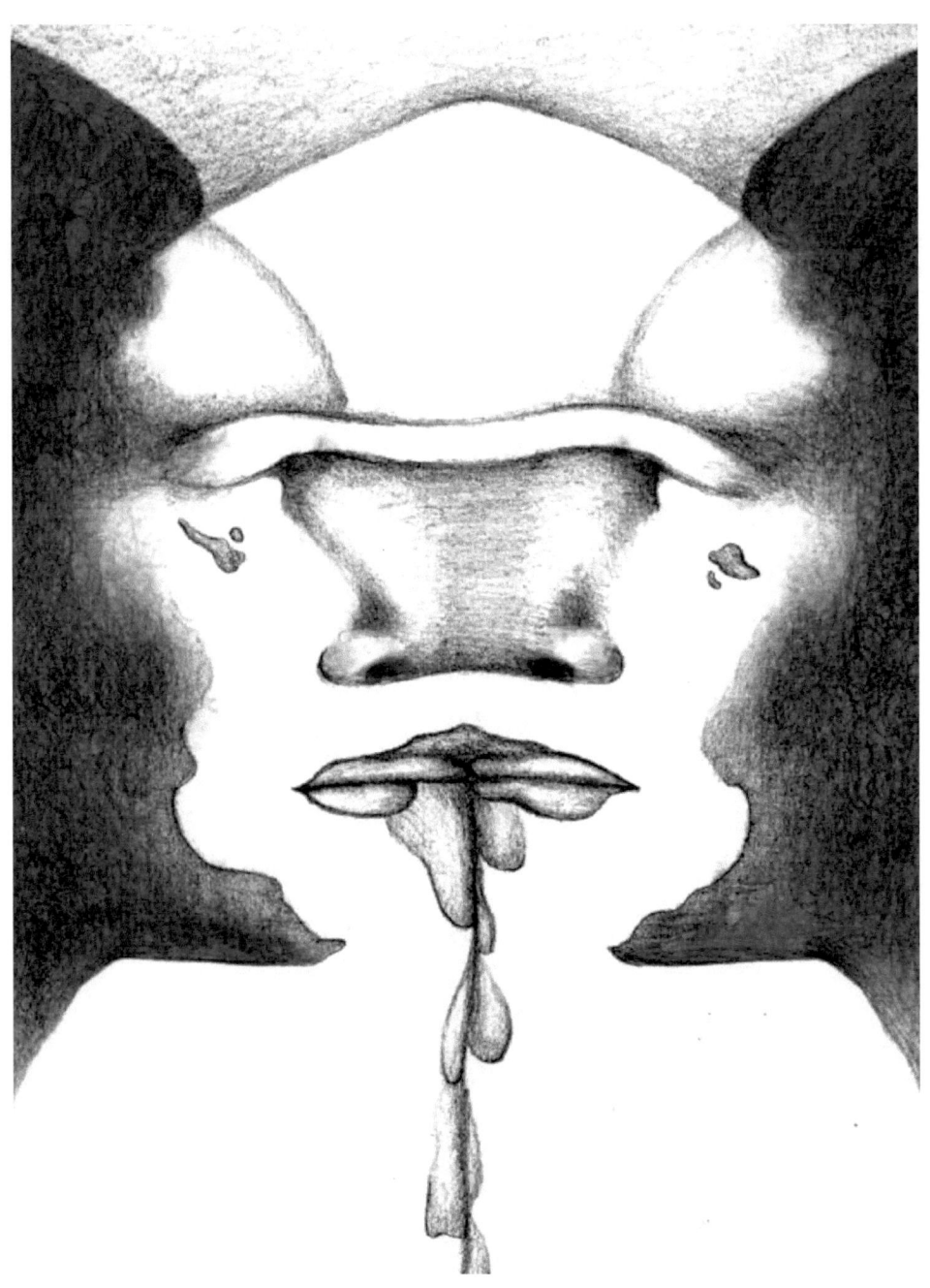

„Manchmal möchte ich mich einfach einrollen,
mich zusammenziehen und klein machen.
Ich möchte die Wärme behalten und die Ruhe
und das mir zu spüren Gegebene und das in
mir Wirkende"

„Und dann möchte ich Dich umschließen,
wie ein seidener Kokon, leicht und luftig, und
doch fest und sicher, und so wirke ich in Dir
fort, wie Du in mir, machen mehr aus uns,
als wir es außerhalb je sein konnten."